Campeones de la World Series: Los Boston Red Sox

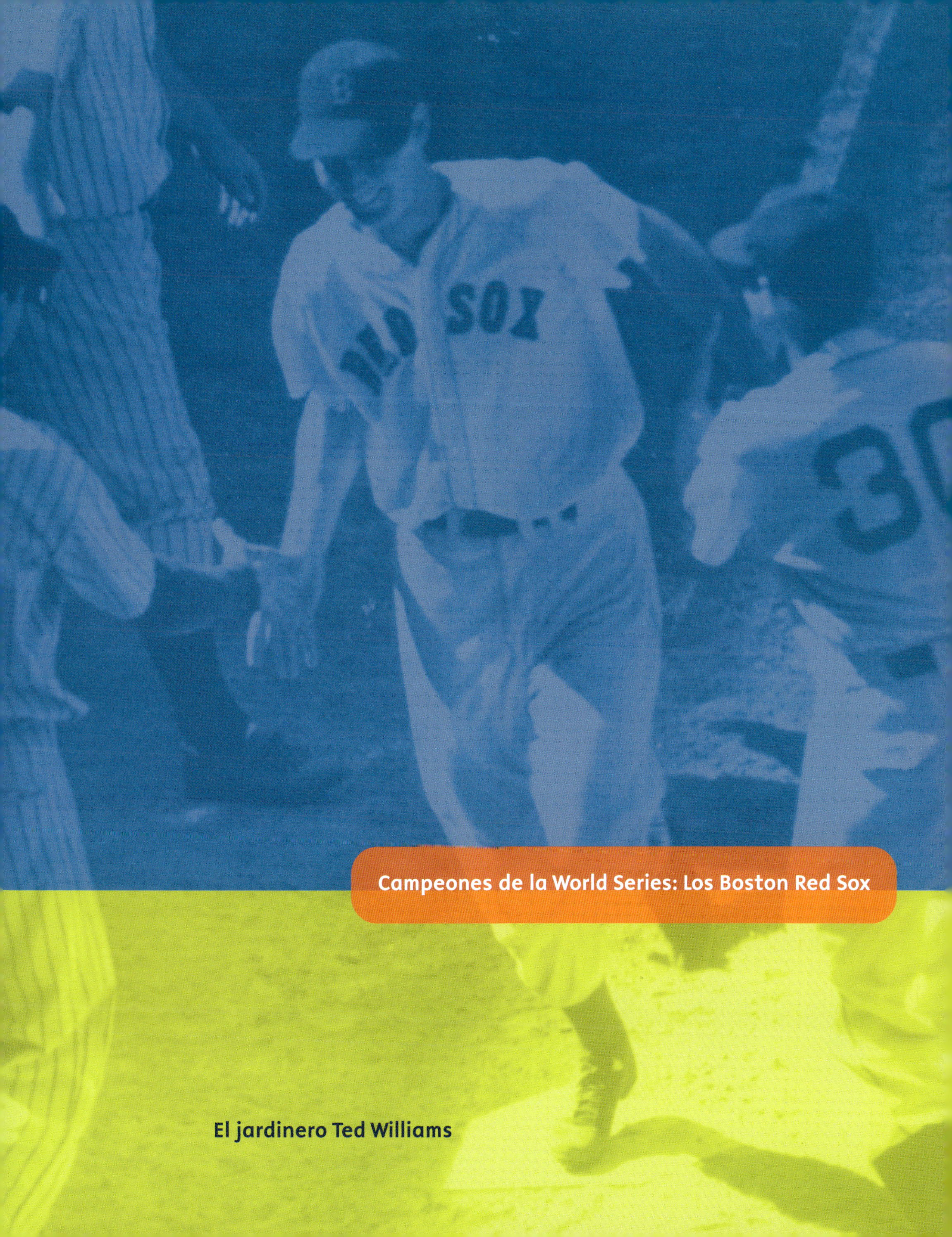

El jardinero Ted Williams

El jardinero Jim Rice

CAMPEONES DE LA WORLD SERIES

LOS BOSTON RED SOX

MICHAEL E. GOODMAN

CREATIVE EDUCATION/CREATIVE PAPERBACKS

Publicado por Creative Education y Creative Paperbacks
P.O. Box 227, Mankato, Minnesota 56002
Creative Education y Creative Paperbacks son marcas editoriales de The Creative Company
www.thecreativecompany.us

Dirección de arte por Tom Morgan
Diseño y producción por Ciara Beitlich
Editado por Joe Tischler

Fotografías por Alamy (Everett Collection Historical), Getty (G Fiume, Focus On Sport, Andy Hayt, Brad Mangin, Maddie Meyer, National Baseball Hall of Fame Library, Rich Pilling, Ezra Shaw, Transcendental Graphics, Rob Tringali, Ron Vesely), Newscom (Tom Walko), Shutterstock (Sean Pavone)

Library of Congress Cataloging-in-Publication Data
Names: Goodman, Michael E., author.
Title: Los Boston Red Sox / [by Michael E. Goodman].
Description: [Mankato, Minnesota] : [Creative Education and Creative Paperbacks], [2024] | Series: Creative sports. Campeones de la World Series | Includes index. | Audience: Ages 7-10 years | Audience: Grades 2-3 | Summary: "Elementary-level text and engaging sports photos highlight the Boston Red Sox's MLB World Series wins and losses, plus sensational players associated with the professional baseball team such as Rafael Devers"-- Provided by publisher.
Identifiers: LCCN 2023015558 (print) | LCCN 2023015559 (ebook) | ISBN 9781640269385 (library binding) | ISBN 9781682774885 (paperback) | ISBN 9781640269620 (ebook)
Subjects: LCSH: Boston Red Sox (Baseball team)--History--Juvenile literature. | Fenway Park (Boston, Mass.)--History--Juvenile literature. | World Series (Baseball)--History--Juvenile literature. | American League of Professional Baseball Clubs--Juvenile literature. | Major League Baseball (Organization)--History--Juvenile literature. | Baseball--Massachusetts--Boston--History--Juvenile literature.
Classification: LCC GV875.B62 G6618 2024 (print) | LCC GV875.B62 (ebook) | DDC 796.357/640974461--dc23/eng/20230412

Impreso en China

Campeones de la World Series de 2018

El jardinero Tris Speaker

CONTENIDO

El hogar de los Red Sox

Boston, Massachusetts, es una de las ciudades más antiguas de los Estados Unidos. Fue fundado en 1630. El equipo de béisbol de Boston también tiene una larga historia. Los Red Sox juegan en un **estadio** llamado Fenway Park. Han jugado partidos allí durante más de 110 años.

Los Boston Red Sox son un equipo de béisbol de la Major League Baseball (MLB). Juegan en la División Este de la American League (AL). Sus mayores **rivales** son los New York Yankees. Todos los equipos de la MLB intentan ganar la World Series para convertirse en campeones. Los Red Sox han ganado nueve **títulos** de la World Series.

LOS BOSTON RED SOX

El jardinero/lanzador Babe Ruth

Nombrando a los Red Sox

La AL se formó en 1901. Los Boston Americans fue uno de sus primeros equipos. Los jugadores usaron medias rojas brillantes. En 1908, el nombre del equipo cambió a Red Sox. Los uniformes locales actuales son blancos con letras rojas. Las gorras son de color azul marino con una *B* roja en el frente.

El lanzador Cy Young

Historia de los Red Sox

Los Boston Americans comenzaron a ganar de inmediato. En 1903, terminaron primeros en la AL. Compitieron contra los Pittsburgh Pirates en la primera World Series. Boston ganó 5 juegos a 3. El lanzador estrella Cy Young fue un héroe en la serie.

Boston ganó cuatro títulos más en los siguientes 15 años. Dos estrellas, Tris Speaker y Babe Ruth, fueron jardineros que bateaban con fuerza. Ruth también fue el lanzador principal del equipo. Entonces el contrato de Ruth fue vendido a los Yankees. Los Red Sox entraron en un largo **slump**. ¡No Ganaron otro título en 86 años!

Durante el slump, los Red Sox llegaron cuatro veces a la World Series. Perdieron cada serie 4 juegos a 3. En 1986, estaban a un out de ganar. Luego, un error les costó el juego. A los aficionados de Boston les preocupaba que su equipo nunca volvería a ser campeón.

El bateador designado David Ortiz

El lanzador Pedro Martínez

En la década de 2000, los Red Sox ganaron en grande. Ganaron títulos en 2004, 2007, 2013 y 2018. Dos estrellas fueron el sólido bateador designado David Ortiz y el lanzador embaucador Pedro Martínez. Ambos fueron posteriormente elegidos para el **Salón de la Fama** del béisbol.

Otras estrellas de los Red Sox

Los aficionados de los Red Sox han animado a muchos excelentes bateadores. El jardinero Ted Williams es el último bateador en batear más de .400 en una temporada. El jardinero Carl Yastrzemski (*yaz-STREM-skee*) bateó y obtuvo la **Triple Corona** en 1967. El jardinero Jim Rice bateó más de .300 siete veces. El tercera base Wade Boggs lideró la AL en promedio debateo cinco veces.

El tercera base Wade Boggs

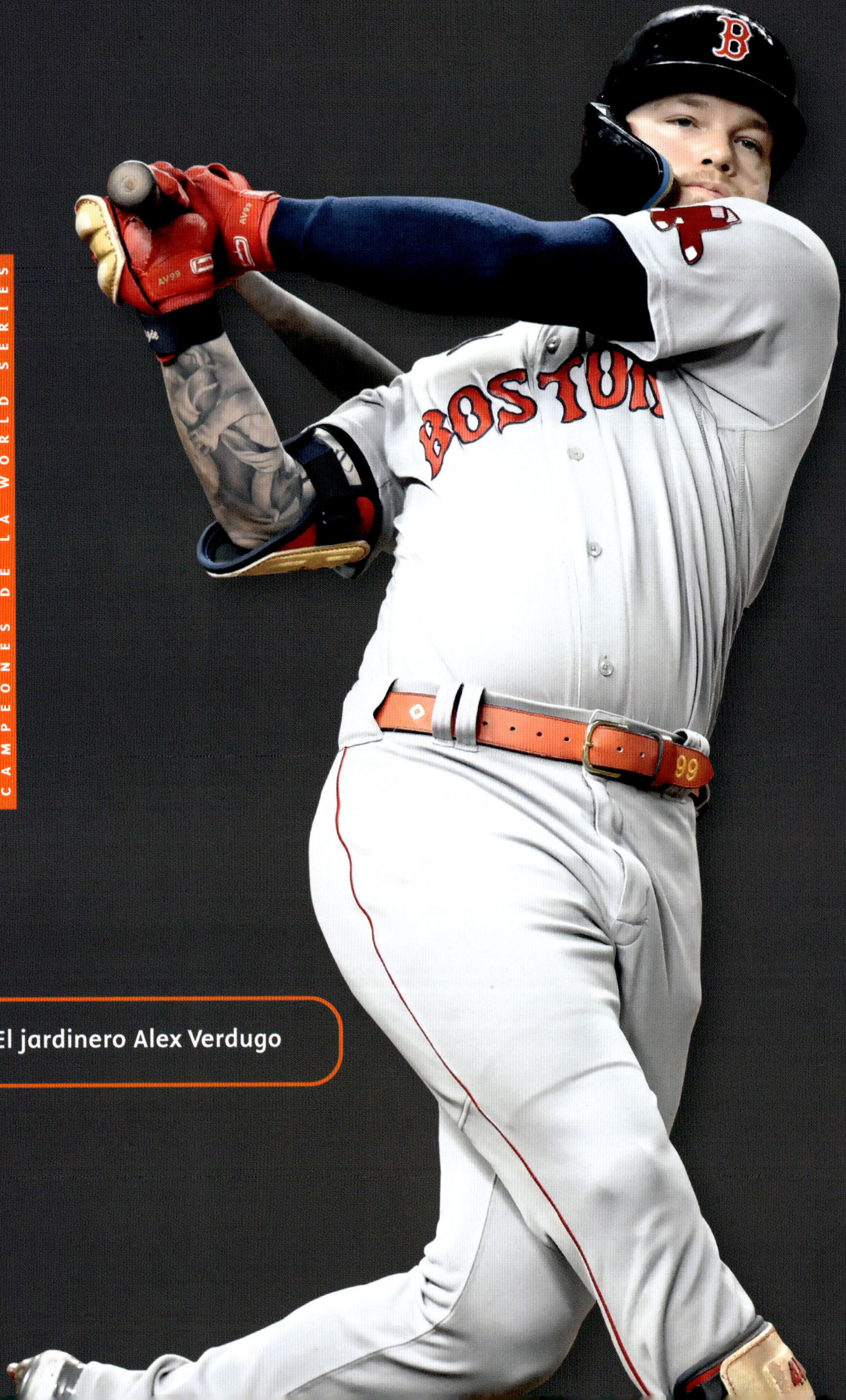

El jardinero Alex Verdugo

Los nuevos estrellas bateadores Rafael Devers y Alex Verdugo esperan llevar pronto más banderines de la World Series a Fenway Park.

Sobre los Red Sox

Comenzaron a jugar en: 1901

Liga/división: Liga Americana,
División Este

Colores del equipo: azul marino y rojo

Estadio local: Fenway Park

CAMPEONATOS DE LA WORLD SERIES:

1903, 5 juegos a 3, venciendo a los Pittsburgh Pirates

1912, 4 juegos a 3, venciendo a los New York Giants

1915, 4 juegos a 1, venciendo a los Philadelphia Phillies

1916, 4 juegos a 1, venciendo a los Brooklyn Robins

1918, 4 juegos a 2, venciendo a los Chicago Cubs

2004, 4 juegos a 0, venciendo a los St. Louis Cardinals

2007, 4 juegos a 0, venciendo a los Colorado Rockies

2013, 4 juegos a 2, venciendo a los St. Louis Cardinals

2018, 4 juegos a 1, venciendo a Los Angeles Dodgers

Sitio web de los Boston Red Sox: www.mlb.com/redsox

Glosario

estadio: un edificio con niveles de asientos para los espectadores

rival: un equipo que juega muy duro contra otro equipo

Salón de la Fama: museo donde se honra a los mejores jugadores de todos los tiempos

slump: un período de tiempo en el que un equipo juega mal y pierde con frecuencia

título: otra forma de decir campeonato

Triple Corona: el honor de liderar la liga en promedio de bateo, jonrones y carreras impulsadas (RBI) en una misma temporada

El tercera base Rafael Devers

Índice